一万回目のおはよう

吉原維子詩集
Yuiko Yoshihara

澪標

一万回目のおはよう●目次

一万回目のおはよう

埋み火……6
わすれもの……10
裸……14
キャベツである……18
夢うつつ……22
秘策……26
午前六時十五分……28
人生ゲーム……32
夜をこめて……36
はやり歌……38
ふたり……42
一万回目のおはよう……46

日々の中で

二月の憂鬱……50
贈りもの……54
ある日のこと……58

五月……60
にわか雨……64
秋へ渡る九月……68
晩夏……72
消極的挑戦……76
ミイラ……80
大げさに言うならば　生きる喜びのひとつとして……84
私だけに　イイこと……88
雨を待つ……90
昼下がり……92
どちらも　ちょっとずつ……94

祈り

春が来る……98
立春……102
無垢なるもの……106
折り鶴――戦後七十年の年に……110
彼岸に……114

夕立……118
その先……122
未来……126
ステイ　ホーム……130

装幀　森本良成

一万回目のおはよう

埋み火

橋の欄干の上に置いた手の甲に　ひと粒
雪の結晶
ふっと溶けて　小さな水滴になる
ひと粒　またひと粒
彼がそっとその上に手を重ねる
時々　こういうことをする

そのままコートのポケットに　重ねた手を突っ込んで
勝手に歩き出す

急に日が陰り
橋の上を吹き抜ける一段と寒い風
肩を押され
彼の歩く速さに引かれて　急ぎ足になる
ポケットの中では
大きな手が　歩くリズムに合わせて
私の手を何度も握り返す
夫と妻なのに
時々　こういうことをする

くちづけにつながるふれあいと
いたわりにつながるふれあいの
ちょうど真ん中な感じ
その温みが

うずうずと胸の奥をくすぐる
懐かしい青さと
熟した衝動
あとすこしで無条件の激情に
なるか　ならぬか

だから
時々　こういうことをして

わすれもの

真夏の正しい暑さと　本当の夜を求めて
今年も南の島　宮古にいる
忘れてはいけないことを
過ぎ行く日々に　いとも簡単に忘れてしまうから
私はいつも　サトウキビ畑の真ん中で　それを見つける

深い夜の中
地上を覆う闇は　四方八方から私の体を締めつける
思わず息を殺してしまう程に　濃く重い闇

その隙間をぬって流れて来る潮の香りが
引きずり込まれる間際に　私をここに留める
怖いくらいの闇
いや　怖い闇なのだと思い出す
けれど　不思議なことに
明るい闇に潜むあの不安はここにはない
怖いのに
揺るぎない安心が闇の上からやって来る

首を反らせるだけ反らして見上げれば
天いっぱいに満つる星
無数の小さな光が　闇に浮き　闇を突き抜け
圧倒的な包容力で降って来る
背丈をはるかに越してしなるサトウキビや

その根元の名もない小さな草　陰で鳴く虫
向こうの小屋で眠る二頭の山羊　ここに立つ私
入れ物の形は違っても
それぞれに入っている魂に向かって降り注ぐ優しい光の雨
みな等しく抱きしめられ
あたりまえのことを思い出す
私を思い出す
生きているということを思い出す
魂のひとつとして

裸

お湯の温度は四十二度　ちょっと熱め
お気に入りの花の入浴剤を放り込む
反乱の一番風呂
ざぶん　音がするくらいの勢いで肩まで浸かる
はあぁぁ
肺の中が空っぽになるまで息を吐く

やる事はいっぱいあって
やりかけの事もいっぱいあって

やってる途中でやめて来た
せわしない時間の流れが一瞬止まる
力を抜いて　ぼんやり天井を見上げていると
着込んでいたものが次々と
ぽわぽわ浮かんで脱げていく

「妻」は簡単にぽわっと浮いた
「母」は申し訳なさそうにぽわっと浮いた
「嫁」はなかなか脱げないから　えいやっと放り出しちゃった
怒っている顔も　困っている顔も
作り笑いも心配事も
ぽわぽわ　ぽわぽわ
裸になるのは大変だ
ついに「自分」が「ひとり」でお湯の中

このまましばらく　素っ裸で息をしていたい
また　頑張るから

ざぶん　音がするくらいの勢いであがる
そこらへんに浮かんでいる全てをぱっと着込んで
さあ　口角をにっと上げよう

キャベツである

鼻息荒く
キャベツを丸ごと
まな板の上に　どんと載せる
えい　えいと葉を剥いでいく
葉は二、三枚重ねてくるくる丸める
ひと呼吸おいて
千切りにしていく
真剣に
出来るだけ細く

集中してひたすら刻む
何やねん
ええかげんにせい
あれこれ噴き出す怒りが
細く細く刻まれて
ふんわりまな板の上に積もっていく

他の野菜ではだめだ
キャベツでないとだめだ
怒りをほぐすキャベツの千切り
刻んで刻んでひたすら刻む
そして
めでたく平常心
ボール一杯に積みあがった千切りキャベツ

さて　どうするか
仕方がないのでとんかつを揚げる
おーい家族諸君
今日の晩ご飯は

キャベツである

夢うつつ

風邪でしょうねぇ
視界は合わない眼鏡のレンズ越しのように
ゆううっくり　傾いて
ぐつっ
一度だけ脳みその煮詰まる音がした
わかってますよおおお
自分の返事が遠くから聞こえる
休め！　休め！
警戒音は肺や気管のあたりから鳴り止まない

ぐずぐずしていたら
自分が日常からこぼれ落ちるのがわかった
意識が泥のように深みに沈んでいく

気がつくと裸足で大地の上に立っていた
見渡す限り何もない
突然呼ばれて振り向くと
触れ合うほど近くに立っている大男
体に沿って見上げると
なぜだか私をにらみつけている
さあ　約束したものを早く渡してくれ
頭が割れるような大声が降って来る
何をですか
目を剥く男の顔がたちまち醜く悲しげに歪んだ

だめだ　もう　間に合わない
男の呟く声が　ばらばらと落ちて来た
私のせい？
うつむくと男の足が地面の中にもぐり込んで
大地からにょっきりと生えているのがわかった
間に合わない　間に合わない
繰り返す男の声から逃げるように　耳を塞いで　もがいてもがいて
ぽっかりと日常に戻った
戻ってはみたが
相変わらず歪んだ世界はそのまま
どうやら風邪のせいではないようだ

秘策

仰向けに寝転がる
両手を広げ
大の字
目を閉じる
背中が伸びている
首筋が伸びている
明日に向かって伸びている
それからぱっと目を開ける
どうしたって上が見える

天井だったらその上に
広がる空があるんだって思ってみる

見上げる力もない時は
寝転んでしまえ
上しか見えない
簡単なことだ
そのまま
あーっと思い切り声を出せば
いやでも今度は深く息が入る
そんなところに
けっこう　大丈夫が
転がっていたりするもんだ

午前六時十五分

長いこと女をやっていると
賢くなるのか　嘘つきになるのか
ごまかし上手にはなった
自分の気持ちはいつの間にか
お客さん用の食器と同じ棚の中

寝不足の朝
顔を洗った洗面台の前から
廊下へ向かって両足でぴょんと飛んでみた

意味はない
ぴょんと飛んで
そのままキッチンまで行けるかと
続けて飛んでみた

ぴょんぴょん

胸にある空洞が乱暴に上下して
身体中が困惑
なぜ飛ぶのかと問いかける
ほんとに　なにを朝っぱらから

案の定
ドアの隅に思いっきり足の小指を打ちつけた

有無を言わせず
びっくりするほど
ものすごく痛い
今度は片足でぴょんぴょんする
飛びながら
笑えてくる
泣けてくる
胸の奥で　からんと音がした

人生ゲーム

ルーレットを回す
1，2，3，4，5
あれ　一回休みだ
なぜかほっとして
心が仰向けになって沈んでいく
マス目の指示だから仕方がない
堂々と自分の番を抜かしてもらう
つかの間の安息
でも

順番はすぐに巡り　再び私の番
ルーレットを回し　指示に従う

ああ全く
言い訳　正論　理不尽　怒り
自己嫌悪だ　自己弁護だ
好き勝手な指示に追い詰められて
ゆっくり　ゆっくり
心がうつ伏せになって沈んでいく

誰のために始めたゲームなのか
ゴールが億万長者でないことだけはわかっている
みんな何を目指してルーレットを回し続けているのだろう

私？
私はとりあえず
３マス先の
一回休み

夜をこめて

闇が　時の上をすべり
密度を増していく
深く　優しく
わたしは抱かれて
少しずつ　思考を放棄する
ひざをぎゅっとかかえてうずくまり
それを
胸の奥の奥に隠して安堵する
つかの間

けれど闇は時の上をすべり続け
青みがかり
遠く　無垢な光を集め
さらに青みがかり
わたしの身体ごと透けていく
一瞬
すべてが透明になった世界で
この胸の奥の
さび色をした塊が
あの人に向けて生まれた毒が
あらわになる

夜明けだ

はやり歌

ぽつぽつと
穏やかに続く会話を途切れさせたのは
耳にクリアに届いたＢＧＭ
テーブルの上のカップから靄のように広がっていく珈琲の香りを
深く吸い込む
あなたのまばたきがスローモーションになって
うつつに紗がかかっていく
抗うことも出来ずに　私の中身が
調べに乗って連れ去られる

まだ　あなたのいなかった
むかしむかしのあるところ

ボーカルの囁きが　そこにいるあの人に重なる
記憶が色づき　匂い立ち　痛む
あの人の声
あの人の指
どんなだったろう　はっきりとそこにいるのに
手を伸ばしても　白くなった傷跡を撫でるよう
もう　感傷と遊ぶには遠すぎて

知らん顔で戻って来たのに
迎えたのは　あなたの遠い目
見ているのはきっと私のいない　むかしむかしのあるところ

悔しいから　もう一度いないふり
気づくまで

「懐かしいな」
とうとうあなたが私を呼び戻す
わざと　ゆっくり視線を合わせていく
あなたの瞳の奥の少々の嫉妬が嬉しい
意味はないけど
意味ありげに微笑んで
ため息でもひとつ　ついてみようか

ふたり

ぐわりと
腹の底の溜まりの表面に波が立つ
バランスが崩れると一気に
感情は手に負えなくなる
持って行き場のないそれを
ぐっと呑み込むと
苦い塊が腹の底に再び落ちて
もっと大きな音をたてて波立った

逃げ場がない　それでもあがく
このままだと傷つけてしまうから
思いやりとは程遠い言い訳を自分にぶつける
傷つきたくないのはお前だろう
嘲笑う自分を押さえつける

愛することも
愛されることも　重いのです

夜が流れてゆく
棒立ちの私の後ろから
押し倒すような勢いで　夜が流れてゆく
闇に削られて無くなっていく私
されるがまま　もう何もしなくていいと思い知る

ゆうらり　ゆうらり
波が凪ぐ頃
ゆっくりと遠ざかる夜の背中の遥か先で
いつもの朝が立ち上がるのが見えた
拒む間もなく　光が一瞬で私をとらえ
最後に残ったものを潔く照らし出す

くやしいけど　やっぱり
あなたが愛しい

一万回目のおはよう

年を取ったわね
お互い様だけど
起きてください　朝ですよ
こんなに間近に
心を近づけてあなたの顔を見つめるのは何時ぶり
もう忘れるほど昔かも
こんなに鼻が高かったかしら
あなたの顔　好きだったのに
いつからか当たり前すぎて

暮らしの中に溶けてしまった

眉間にしわが寄ってる
眠っている間も　何に怒っているの
気づいていないかもしれないけれど
ずいぶん短気になって来ているよ
えいっ　しわ伸びろ
指で押してみる
あ　笑った
夢を見ているの　それとも
ひょっとして寝たふり

いろいろあって
いろいろあって

いろいろあったけど
あなたも私も太っ腹で　今があるんだよね
おかげさまで　空気みたいなふたり
でも
時には顔を見合わせて
ゆっくり深呼吸しませんか

あの頃のように
胸いっぱいにあなたを満たしたいから

日々の中で

二月の憂鬱

暦の上に春が立つ
こんなに寒いのに
雪も降るのに
朝はまだまだ暗くて
それなのに暦の上では春ですなんて
大迷惑なんですけど
でも私なりになにか頑張らなくちゃと思って
フキノトウを起こしてみたり
梅の木に頼み込んで花を咲かせてもらったり

やれることはやってます
で
最後のお役目　大仕事は
余裕顔で春気分の三月を
なんとかしっかり捕まえて
冬から春へと
季節を期待通りに繋げること
そのために私は二日ほど「のりしろ」を用意します
さあ　重なってしっかり繋がりたまえ三月よ
おかげで私のひと月は　少しだけ短いのです
身を削って　といったところでしょうか
損な役回りです
みんな　気がつかないうちに
あぁいつの間にか春ですね　と挨拶して

あたりまえのようにカレンダーをめくります
たいてい
あたりまえを仕事にしている人がめくります
そしてそれはたいてい
ほとんどの人が気づかないうち

贈りもの

山から吹き下りて来る風は
肩先をきゅっと上げてしまうくらい冷たくて
生まれたての春は
まだ　ほとんど眠っている

いつものように駅前の立体駐車場　三階に車を止めた
ドアを開けた時
下した足元にひとひらの小さな花びら
桜？

ここから見下ろせる川沿いの桜並木は
やっと蕾が膨らみ始めたくらいで
まだ固い春の風情だ
さっと風が吹き抜けたが
吹き溜まりのようになったこの場所で
花びらはじっと動かず私を見上げている
そっと摘まみあげて　手の平に載せた
こんなに小さいのに
シルクのように艶やかに瑞々しく　ほんのりと温かい
勢いよく手の平から春があふれ
私はその中で少し笑った

ありがとう
もうここはいいから

次の風に乗って
同じように俯いている人の足元に
春を届けに行ってあげて
三階の窓から空に向けてひらいた手のひらに
ふうっとひと息
軽々と舞う花びらは
すぐに見えなくなった

ある日のこと

花壇の端っこで
抜き忘れられ
伸びすぎた　はこべが咲いている
雑草
いつものようにスコップを
ざっくりと土に差し込む
思いがけずたっぷりと温まっていた土が
無防備に
ふんわりスコップを受け止めた

すると
沈んだ刃先が作った優しい隙間から
ほわりと
炊きたてご飯のような香りが立ちのぼって
それを吸い込んだらびっくりだ
突然
涙がひとつぶ　飛び出した
すくい上げたスコップの上で咲くはこべを
そのまま　そおっと
もとのところへ下ろす

昼下がり

五月

正午近くの普通列車
乗客もまばらな車中
ゆるゆるとした揺れに任せ
ひとりじめの大きな窓から見えるのは
田んぼと　田んぼと　流れる川
その向こうに
やわらかく緑色ににじんだ山の稜線
そのうち山肌が　迫ったり離れたりを繰り返す

目の中いっぱいに
眩しいくらい艶のある若葉が
幾重にも重なり合い
鏡になって　降り注ぐ陽ざしを跳ね返している
そうして山々が全力で
若々しい拳を空に突き上げ
楽しげに
歌うように
夏を吸い込み
春を吐き出す
その吐息を浴びて
季節を引っぱりながら
列車は走って行く

夏に染まりはじめの
五月の里

にわか雨

ふと　誰かに呼ばれた気がして
無心で剥いていたそら豆を持つ手を止めた
剥いた豆が半分くらいたまったボールの縁に
さっきまで強い陽射しが当たっていたのに
今は部屋中が薄暗く陰っている
落ち着かなくて外に出た
西の空が真っ黒だ
今日は晴れ時々曇り
降水確率二十パーセントのはず

だから？
不安定な空が冷ややかに私を見下ろしている
だめだ　もう降る
さあっと一気に
けれどねっとりと重い風が通り抜け
紫陽花が不安気に大きな頭を揺らす
ぽつり
足元に破裂したような鋭い雨粒の跡
見上げた私の額にも　ぴしり
痛い
あわてて部屋に駆け戻る

ぼつっ　ぼつっ　ぼ　ぼ　ぼ　どどーっ
あっという間に地面が泡立つ

携帯の雨雲レーダーには
狙いを定めたようにピンポイントで
真っ赤なエリアが私を飲み込んでいた
雨量五十ミリ以上の可能性を含んだ怒りの赤
何を叱られているのか
知らんふりをする私を呼んだのは誰だ
窓ガラスに両手をついて
声を探した

秋へ渡る九月

日陰に立ち　空を見上げる
勢いよく流れて来た夏が
ゆったりとした秋とぶつかり
秋をのみ込み
まじりあい　こすれあい
それでも混ざりきれない熱が雲を呼ぶ

庭の隅の桜の木のてっぺんには
ひっかかったまんまの夏が

一匹残って鳴いているあぶら蟬を
愛おしく抱いている
やがて全ての音が消え
雲は広がり
いつものように夕立を連れて来るけれど
真っ直ぐに注がれる雨糸は
葉陰の小さな樫の実に
遠くふくよかな重みにしなる稲穂の上に
優しく当たって落ちていくのだろう

軒先にかかる枝から　少し色づいた桜の葉が一枚
しっとりと舞いながら落ちていくのを合図に
雨は上がり
再び満ちる陽ざし　ひなた道

昨日まで眩しく影を引いていた時間が
落ち着いて明度を落として夕暮れになる

守られるように
秋へ渡る
九月

晩夏

いつものように
夕焼けの明るさを待って庭を掃く
それでも暑い
竹ぼうきの手を止めて
太陽の通った後の空を見上げ
肺いっぱいに空気を吸い込み
ほうーっと細く　長く　長く息を吐き出す
深呼吸ではなく　特大のため息だ
たいてい毎日今時分

折り合いをつけて腹の中に全て押し込んだ後に

掃き集めた落ち葉に紛れて
蝉の羽の片っぽ
夏の音を空から降らせていた奴の持ち物だ
おまえ　この空を飛んでいたんだね
飛べる奴はいいなあ
地面に縛られているものの憧れだ
再び空を見上げる
寛容なこの空にあるのは自由というけれど
さて　私の欲しいものは
飛ぶことの自由なのだろうか
小さな羽は
最後までに何万回羽ばたいたのだろう

そうだ　飛ぶものだって懸命だ
ため息つきながら飛んでいるかもしれないじゃないか
飛ぶことも
地に立つことも
同じなのかもしれない
それに答えるように
懸命のかけらが足元で
落ち葉と一緒に風に少しゆれた

消極的挑戦

太い　見事な冬大根
まるまる一本
ハーモニカみたいに両手でつかんで持ち上げる
ずっしり
真っ白で　すべすべで　ほれぼれだ

おもむろに
ぴんと張った瑞々しいそのど真ん中に
がぶっと噛みつく

かしゅううう
歯を食い込ませていく
じっくりとその一口を一途に飲み込む
うまい！
調理前の暴挙
理由なき衝動
考えなしの果て
出現した一本のかじりかけ大根
あーあ

そうか
そういうものか
この際　堂々巡りのあの悩みも
考えなしに

そのど真ん中
がぶっとかじってみようか

ミイラ

冷蔵庫の片隅に
丸まっている小さなラップの塊
恐る恐る開く
しわしわの　からから
なんでこんなところに
いつから行方不明に
なんて変わり果てた姿に
高速で辿った記憶が行きついた成り行き
それに向かって長いため息が出た

ていねいにラップしてたって
忘れ去られたらおしまいだよね
ごめんね　ニンジンだった小さなミイラ君
すぐに使おうと思っていたんだよ　きっと
こんなにもきっちりラップして
でも　急いでいたのかな
ぽいって感じだよね
本当ならグラッセ　サラダ　筑前煮　なんにだってなれたのに
こんなところで忘れ去られて
だんだん乾いていったんだね
ああまるで　まるで何？
たぶん私の体の中のどこかに
思い出せないほど昔

同じようにラップに巻かれてしまい込まれ
忘れ去られたものがある
夢のかけら
乾ききる前に
探し出せるだろうか

大げさに言うならば　生きる喜びのひとつとして

チョコレート　大好き
ひとかけら
舌の上に置くと
触れ合ったところから
熱く　ゆっくりと溶け合い
密着し
意識の全てをそこに呼び寄せる
まぶたは自然に閉じ
圧倒的なカカオの香りが

身体の隙間という隙間を埋め尽くす
味蕾はこの甘さを離そうとはしない
快感

たぶん初めての時から
運命のように
全力で好きだった
いつまで好きでいられるんだろうと
長々生きて来たけれど
びっくりするくらいずっと好きだ
恋よりも
愛よりも
全くぶれずに
私の中の「好き」なところにいる

それどころか　気がつけば
恋や愛が揺らいだ時に
いつも私を支えているではないか
小さな手で摘み取られた
カカオに染み込んだ悲しみを
知っていても　なお

私だけに　イイこと

私に

イソフラボン　コラーゲン
アルコール　スパイス　少々
チョコレート　コーヒー
ミステリー　サスペンス小説　たっぷり
日焼け止め　腹筋運動　毎日
もうこれ以上無理　弱音には

だいじょうぶ　まだまだを
でも強がりが
だいじょうぶまだまだを言い始めたら
もういいよ　ぼちぼちで　を

こんなのを　うまい具合につけ足していくと
いい女が出来上がるはず　たぶん
自己満足　上等
ちょっとだけイイこと
私が
私だけに

雨を待つ

太陽の光は
寝ている私の腕を取り
引っぱり起こし
暖かい手で背中を
一日中ずっと押し続ける
わっしょい　わっしょい
エールの力で日没まで
止まらない止まれない

だから時に
私は雨を待つ
やさしい雨音に目覚めて
自力で起き上がる朝は
休んでもいいんだよという言い訳
無防備になった心が
雨の中に立つ
しっとりと芯まで雨を浴びたなら
ゆっくりと一日を始めよう

昼下がり

あっ
玄関のドアを開けたとたん彼と目が合った
見下ろす私と繋がった視線はびくともしない
彼は生垣に向かう左前足を少し前に
指は思いきり開いて敷石を掴んでいる
その格好で私を釘づけにして
フィギュアのように固まっている
トカゲだ
彼を認識し　安心し　私の緊張は溶けていく

ふつふつと　自己満足の優しさが満ちてくる
でも
守ってあげると見下ろす私を見下ろすように彼の視線は
薄っぺらな微笑みを浮かべる私の目の奥の
姑息な優しさの奥にある真実を突き刺した
逆転した何かを感じたその時
音もたてずピカピカのしっぽがしなって
安っぽい思い込みの友情の均衡を切り裂いた
魔法のように私を置きざりにして消えた彼は
たぶん人間とは決して交わることのない平行線上にある
正しく生きるものの未来へと
走り去ったのだろう

どちらも　ちょっとずつ

重なり合った山々に続く
そこそこの高さの丘を
ざっくり切り拓いて
私の住むちょっと田舎の町はできている
安心して深呼吸できる空気と
削り残された山肌にあふれる緑と
不便さも忘れさせる潔い静けさと
なかなかの住み心地
ただ困ったことは

春先になるとたくさんの蟻が家にあがって来る
　昔　山だったんだもの　仕方がないよ
自分たちが彼らの住まいの上に後からやって来たことなど
すっかり忘れて納得顔でたっぷり殺虫剤を撒く

オシャレな物が欲しくなると電車に乗って
ちょっと都会の町まで
トンネル八つ
近くもないけど　遠くもない
その駅のそばにマンションができたと思ったら
あっという間に完売
さすが　ちょっと都会の底力
いつもお祭りのような人の流れがある通りの
脇にあった桜の木も

思い立ったが吉日とあっという間に切ってしまう
必要だから
マンションが必要だから

トンネル八つの穴ぼこで繋がっている
田舎と都会
どちらもちょっとずつ
悲しい

祈り

春が来る

昨日まで
田んぼを囲む　この枯れ色の畦道を
突き刺すような風が吹き渡っていたのに
今日は
雪でも雨でもなく
穏やかな陽ざしが降り注いでいる
足元の土は優しく温まって
むん　と膨張し
胸呼吸をしているように元気だ

夏　早く涼しくならないかと弱音を吐き
秋　日暮れの寂しさに沈み込み
冬　寒さを言い訳に縮こまってしまった母と
待ち続けた春
老いが確かに力を奪っていくのなら
春は　息継ぎのように力を呼び戻す

足元の小さなはこべの葉が
一生懸命背伸びをして合図をしているから
母をこの土の上へ
早く早く呼んで来よう
時は立ち止まってはくれないけれど
前へ

春の中へ流れている
その流れの中で
母はまたひとつ歳をとる
私たちに幸せをくれるように
ちょうど九十の
誕生日はもうすぐ

立春

駅で別れてからずっと　繰り返している
ごめんなさい

待ち合わせに現れた母は
どこか頼りなげで
今日は輪郭までぼんやりとしてみえた
一日中　少しずつ話がかみ合わない　この間よりも
そう言ってたやん
知らんなあ　わからへんなあ

その言葉に戸惑う
母の不安が伝染し
腹の中に突然怒りが満ちた
　何してるのよ！
怯えた母の顔
そしてたぶん鬼のような私の顔
はっとして
無理やり作り笑い
でも　私の口から見えない手が伸びて
母の胸ぐらをつかんでいた
そのまま　駅で別れた

「今年も大根葉のふりかけを作りました。どうぞ召し上がれ」

ポストに届いていた優しい贈りもの

料理上手な友人が丹精込めたふりかけは
泣きたくなるほど美しい緑だと
思ったとたん　涙が出た
そっと口に含むと
叱るような　励ますようなほろ苦さが
しんしんと　私の中に落ちていって
母につながった
明日
春色のおにぎりにして持って行こう

無垢なるもの

ふわり
こんなにも軽い
構えて受け止めた両腕の中の命にむかって
懐かしい記憶がよみがえる
生まれて六日目の姪っ子の赤ちゃん
そうだ　この尊い重さ
体中の母性が湧きたつ
微笑みながら彼の目を見つめると
思いがけず

瞬きもしない彼のまなざしが
私の眼球と脳を貫いて
試すように　祈るように
天空を目指して真っ直ぐに伸びていく

生まれて来てくれてありがとう
賑やかな祝福の中
彼は　これからの未来を信じていいのかと
問い正すこともせず
天を見つめている
それは彼の優しさ
どうか私たちの用意した精いっぱいの未来が
彼にとって価値多きものでありますように

その時　ずしりと腕を打つ確かな重み
思わず力を込めた私に向かって
だいじょうぶです　という顔で
彼が笑っていた
無垢なるものの　なんという強さよ
まっさらな命が
全てを許し圧倒する

折り鶴

――戦後七十年の年に

八月　今日も猛暑日になるという日
開館すぐに混み合う通路を人波がゆっくり動いていく
肩が触れ合うほどにひしめき合っているのに
言葉を心に仕舞ったままの静かな流れが　やがて止まる
私たちは何を待ってここに並んでいるのだろう
立ち止まったまま考える
違う
待っているのはあの角の向こうのたくさんの想いの方だ
再び動き始めた流れのままにゆっくりと角を曲がる

八月六日の朝　その時
子を　親を　求めてどれほどの命が飛んだだろう
熱線に焼け　爆風にさらされた遺品を前に震えている子供たち
私も子供の頃　同じように怖くてここから逃げ出した
けれど　遺された爪も　髪の毛も　皮膚片も　あの日に生きていた命
愛しく　優しく　温かい命だ
私は一緒にいた娘の手をぎゅっと握った

展示は続く

あの日の運命を生きた人々の想いと　ここに集う人々の想いは
やがて全て　まるい光の中に受け入れられる
ぽつぽつと並んでいる　小さな小さな折り鶴たちのもとへ

よく見ると　中のひとつ　くちばしが少しずれて曲がっている
折り鶴の隙間に詰まった少女の指先の懸命さ
生きたいと　いのりながら折り続けた少女が見つめた未来に
この先もずっと　いのりが届き続ける未来に
なっているか
七十年後の未来
折り鶴が　今を問うている

彼岸に

おや　珍しく今日は
斑猫が道案内をしてくれる
ぽーつ　ぽーつと　足元の前を飛び進むのについて
しばらく急な斜面を登る
息があがる
立ち止まると斑猫も　少し前の熱く乾いた地面の上で止まっている

道の左右に小さく広がるミカン畑から
甘く青い風が吹いて来る

その風がさっと潮風に変わったところに墓所がある
そこから見渡せる優しい瀬戸内の海には
遠く　近く点々と島々が浮かんで
なぜだかとても懐かしい心持になる

嫁いで初めて来た時から
この墓所が好きだった
墓所らしからぬ不思議な明るさ
何代もの魂が　すぐそばの農家の隣人として住まいする
不思議な温かさ
無言のにぎわいだ
静かに手を合わす

ようお参り

山頂の方から知った声が下りて来る
こんにちは
見当をつけて返事を投げ返す
一瞬風が止んで
線香の煙が真っ直ぐ天に向かって立ちのぼった
空には白い雲がひとつ
おお　はんみょうじゃ
道案内されながらの声がゆったりと遠ざかっていく

夕立

雷鳴とともに突然の雨音
降ってきたね
ベッドに並んで腰かけている　静かな彼女の背中に
そっと右手を添える
寒くない？
その声をかき消すようにたたきつける雨
けれど彼女の耳はその雨も拾ってはいない
撫でおろしていく手の平に伝わる
彼女の頼りない肉感が愛おしい

耳元でもう一度　寒くない？
ゆっくりと首がこちらを向く
優しく微笑みながら　つぶやくように　だいじょうぶと
その瞳に映る今日の私は誰なんだろう

悲しいくらい長い時間をかけて入った
彼女のこの世界
時に友として　妹として　日々役替わりで
タイムスリップのように彼女の人生を行ったり来たり
寄り添って何度も旅をした
でも　ほんとうは
ほんとうはね
いつだって気持ちが溢れ出しそうで

その時　ふわりと
彼女の手の平が　私の太ももの上にのった
しばらくそのまま　雨音とふたりの呼吸だけ
その間もずっと
置かれた手の平の確かな重みは
意志を持って驚くほどの温もりを伝えて来る
目を閉じて　心の奥まで満ちて来るものを追う
そうだ　懐かしいこの温もり
ゆっくり　ゆっくり
もう　何もかもが溶けていって
お母さんが私を抱いている

その先

弱っている時だったり
有頂天になっている時だったり
普通の中にちょっとできた隙間をねらって
とんとん　と
胸の内側から叩くものがある
たいていそのタイミングで気づきたくないものに気がつく
それはまったくの不意打ちで
防御の姿勢が追いつかず
けっこう痛い目をする

その痛みに今までは
未熟や無知を薬代わりに塗り込んで
いててて
と　ごまかして来た
それがいつの間にか少しばかりの知恵がつき
不器用の果ての頑固さで
どこで目をつぶればいいのか分かって来た
たぶん人生後半をかなり過ぎ
見えるものは見える
さっき久しぶりにとんとん　とやられて
いててて
けれどもう塗り込む薬がない
痛いよぉ
ぎゅっと痛いところを握ると

そこから続く先が見えた
きっとゴールまで続いている
ゴール？
それなら嬉しいけれど
その先に続く先がないとは言い切れない
つべこべ言わずまず一歩
目をつぶらずに行くだけだ
行ってみなけりゃわからない　その先へ

未来

丘を駆けのぼって来た大きな風が
くるぶしまであったスカートの裾を持ち上げ
素の太ももまで撫であがってきた
あわてて両手でたっぷりの布地を押さえつける
こんな風が吹く丘ではなかった

「あそこ　光ってる」
風を持て余す私の横にいつの間にか立っていた少年が
風に負けない大声で言った

つい少年の指さす方を見やる
「どこ?」
少年があごを突き出して重ねて示す
眼下に広がるのは見慣れた大好きな景色
遠く山々の稜線まで何度も見渡すが
光るものなど　ない
「すっごくきれいでしょ」
大発見をしたように得意気に
期待を込めて見つめてくる無垢な瞳
なので　つい
「そうね」
もう一度風が来た
「うそつき」
何本もの真っ直ぐな視線を私に打ち込むと

その言葉をとどめに少年はにっこり笑った
恥ずかしさより深い悲しみが込み上げてきた

なんということ
こんなことで今　馴染みの景色を失った
まるで知らない場所のように
里も川も山々も　私を見てはくれない
わかっている
もう二度ともとには戻れないのだと
でも私はここにいよう
この場所で
背を向けず　しっかり顔を上げて信じ続けよう
風が止み　いつかきっと見つけられる
だって

探しているのは
光なのだから

ステイ　ホーム

一日二錠飲むビタミン剤の
ビンの底が見えてくる
そんなことで日が過ぎているのを知る
それに驚き
それが悲しい
ルーティンのためのルーティン
内と外で時の流れの速さが違う
よどむ時の中に浸かっている私
もったりと　重いよどみをかき混ぜるのは

いたるところから流れ込む大量の情報たち
あいまいで　つかみどころが　ない
溺れる

新聞をたたみ
テレビを消し
スマホの電源を切る

シンプルでよかったんだ
シンプルに
生きていることを感じよう
生きていることを尊ぼう
どこにいても
季節はいつも通り

当たり前だったことを思い出そう
鳥の声や木々の香り　日の光も風のそよぎも
何も変わらない
窓を開けるだけで
時の流れはひとつになる
この場所で　心豊かにいられるように
新しいルーティン　ゆっくり考えよう

あとがき

「同じところばかり見ないで顔を上げてごらん」

今から十年ほど前、思い切って入った大阪文学学校、中塚クラスで詩を学び始めた頃、中塚鞠子先生から言われた言葉です。どういう意味か分からないまま詩を作っていたある日、ふと素直に顔を上げてみました。少し視野が変わっただけなのに、毎日見ていたはずの景色の中に、見ていなかったものがたくさんあることに気づきました。平凡な日常の中にも自分の心を揺さぶるたくさんの発見があって、自分の知らない心の動きがあって、それを詩にしていって、今になります。

こうして詩を集めてみると、いろいろ心賑やかに日々を過ごしているのだなあと思います。人間の心って面白いと思って読んでもらえたら嬉しいです。

同人誌「小手鞠」に掲載された作品は、仲間の合評を得て直しているものもあります。

出版に際しましては、私の背中を押し、手を引き、お尻を叩いて励まし導いてくださった中塚鞠子先生、いつも的確で温かい批評をくださる「小手鞠」の仲間の皆さま、文学学校時代のクラスの皆さま、一から色々教えてくださいました澪標の松村信人様に本当にお世話になりました。深く感謝申し上げます。ありがとうございました。

二〇二一年七月十日

吉原維子

吉原 維子（よしはら ゆいこ）
1958年兵庫県に生まれる
詩誌「小手鞠」同人

現住所
〒669-1337
兵庫県三田市学園6丁目12-1

一万回目のおはよう
二〇二一年八月一日発行
著　者　吉原維子
発行者　松村信人
発行所　澪　標
大阪市中央区内平野町二 - 三 - 十一 - 二〇二
ＴＥＬ　〇六 - 六九四四 - 〇八六九
ＦＡＸ　〇六 - 六九四四 - 〇六〇〇
振替　〇〇九七〇 - 三 - 七二五〇六
印刷製本　亜細亜印刷株式会社
ＤＴＰ　山響堂 pro.